KB071103

신발을 멀리 던지면 누구나 길을 잃겠지

박진이

시인의 말

집으로 가는 버스를 탔다고 생각했지
창밖으로는 꽃들이 지나갔는데

언제까지고 계속될 듯한
한낮이 있어서

언제든 제대로 내릴 수 있을 것 같았는데

여전히 나는 의자에 앉아 있고
다음 정류장은 보이지도 않고

2019년 12월
박진이

신발을 멀리 던지면 누구나 길을 잃겠지

차례

1부 세상의 모든 노래는 젊어서

2부 공기놀이

3부 사다리타기

4부 가임기의 나를 지나는 아이들

해설

1부

세상의 모든 노래는 젊어서

숨바꼭질

숨어 있는 시간을 혼자 있는 시간이라 믿었지
어디선가 분명 나를 찾고 있는 몇 명의 아이들이 있어

나를 세워두고
열을 세는 동안
모두 숨기로 했지

눈을 감고 있으라 했고
나는 열이라는 숫자에 집중했지만
여섯이나 일곱을 자주 아홉으로 혼동했어

혼자 할 수 있는 놀이란 게
멍하니 창밖을 내다보는 것처럼
아무도 찾지 않아도 되는 술래처럼
금세 시시해지는 일이라서

아이들이 놀다 간

텅 빈 놀이터 안에
나는
그렁그렁 괴어 있는 것만 같아

꼭꼭 숨어라
두 눈을 감았다 뜨면
다시
해가 기울곤 했지

아무도 나를 찾지 않을 때
내가 찾아질 수 있는 유일한 방법은
우는 것이었지
지금도 여전히

욕조에서

나는 욕조 속에서
손과 발을 만들고 외로움을 만들었다
처음에 나는 욕조의 침묵이었고
엄마는 두 번째의 월경 주기를 갖지 못했다

물속에서 태어난 아이는
울음을 터뜨리지 않는다 했다
그것은 최초로 세상에 속는 것이라 한다
물은 크고 둥근 항해였고
엄마가 만들어내는 가장 슬픈 자리

엄마는 나를 물속에서 키웠다
물속에서 말을 배우고
물속에서 첫걸음마를 뗐다
양수 속 태아가 몸의 방향을 바꾸는 것은
발버둥이 생겼기 때문이고
손톱이 손가락 끝까지 자라지 않아
누군가들 중에서 아직

제 엄마를 지목하지 못하기 때문이라 했다

매일 나는 욕조에서 태어났다
욕조 속에서 팔과 다리를 얻었으나
욕조 밖에서 허우적거리는 것을 배웠다
작은 소용돌이를 만들며
물이 좁은 배수구를 빠져나갔다
욕조 속에서 나는 흔적으로만 남게 될지도 모른다

아무 일도 없었던 것처럼
욕조의 말간 얼굴은 싱그럽고 평온하다
욕조는 천천히 식어갈 뿐이고
나는 모든 엄마를 의심한다

줄넘기

공중을 한 바퀴 돌아서 오는 줄을
딸과 함께 넘는다
헉헉거리는 숫자는
제자리에서 뛰어 넘는 나이

발에 걸릴 때마다 넘어지는 숫자들
몇 번이고 잊고 다시 잊어버리지만
넘어야 할 게 많은 나이
나는 걸리는 갈비뼈에도
잠시 지나가는 눈발에도 걸리지 않는다

내 발이 장애물이 되어
줄을 넘는 일
살짝 살짝 들리는 순간을 통과해 가는
한 바퀴의 숫자들
아이는 아직 먹지도 않은 나이를 세다 오는 게
뭐 그리 힘들다고 헉헉거린다

아이는 아이의 수數를 세고
반대편에 서서 나는 나의 수를 센다
하루에도 몇백 년을
입술을 굳게 다문 수들이
가장 낮은 장애물을 뛰어 넘고 있다

고무줄놀이

세상에는 이상한 고무줄도 있어
제자리로 돌아가지 못하는 놀이가 있지
검은 줄 하나를 발목에 감았다가
시치미를 뚝 떼는,

발목에서 하늘까지
단조로운 노래를 걸어 놓고
그것을 음표라 불렀지

아무리 발이 걸려도
제자리로 돌아갈 수 있는 놀이라니

아이들은 편을 갈라야 한다고 했어 나는 늘 다섯 번째거나 일곱 번째에서 함께 나눠지지 못했지 다만 놀이의 양쪽에 우두커니 서서 고무줄의 높이에 따라 키만 컸지

참 이상한 키도 있다고 의아해했지만

그게 본래의 모습이었다는 걸 알게 되기까지
아이들이 부르는 노래를 따라만 불렀지

살아서도 죽어서도 나는
말 없는 아이였지

나는 죽어서도 이곳에 오지 않을 것이다

집을 보러 다니듯 나무들을 보러 다녔다

잘생긴 나무 밑도 아니고 잘생긴 구름 밑도 아니고, 비만 오면 물이 차 쪽박산으로 피난을 갔다는 신정동 32번지에 나를 부려놓았으니, 당신에 대한 일종의 복수라고 생각했다

손바닥을 마주 대어 서로의 체온을 확인하듯 나무의 결을 쓰다듬는다 이제 잘생긴 왕벚나무 밑에 당신을 모셔왔으니 나와 나무는 일촌의 관계가 되는 것이다

봄, 여기
적어도 한 철은 제대로 꽃 피우겠다
이만하면 됐다는 생각

왼손잡이인 것도 짙은 눈썹에 쌍꺼풀까지 외탁을 했다는 소리를 듣곤 했다 거기에 출가외인이지 않은가 나는 죽어서도 이곳에 오지 않을 것이다

숲을 내려오며 올려다 본 하늘에는
떠도는 구름들이 있다
구름이 나무를 데려가는 데 얼마만큼의 시간이
필요할까

죽은 신부의 얼굴

엄마를 허물고
신부의 얼굴을 따라나서는 게 아니었어요

죽을 때까지
한 사람만을 사랑하겠습니까, 라는
질문을 따르겠습니까?
그건 신부의 얼굴에게 묻는 말이지요

엄마는 세상에서 내 대답을
가장 믿지 못하는 사람
주례는 짧고 세상의 모든 맹세는 망설임이 없죠
허물어진 엄마는 위로받을 수 없어요

나는 꼿꼿하게 서 있으려 애를 쓰고
가장 말을 적게 한 날이니
대답 따위는 무슨 소용이겠어요
누구에게도 털어놓지 못하는
간결하고 아름다운 죄가

나라는 걸 알아요
왜 엄마는 내 잘못을 모른 체 했나요

꽃잎이 커다란 아홉 송이 홍작약은
수백 번 내 손에 포개지던 손과 같아서
활짝 피지도 못하고
하나 둘 셋 하면 던지지요
배경만 달리해
같은 자세 같은 표정으로 사라지죠

나는 나의 새로운 얼굴이 나쁘지 않아요
봄이라고 믿기지 않을 만큼 날은 더워요

꽃놀이

한 번 죽다 살아난 뒤로
낮에도 죽은 사람들을 보고 다녔다

피는 꽃을 따라다니면 귀신이 떨어진단다

죽은 사람들과 나를 떼어 놓으려는 듯
엄마는 언제나 내 이름을
두 번씩 불렀다
나는 두 번의 이름을 모두
듣고 나서야 대답을 하곤 했다

'재채기가 날 것 같아'
내 몸에서는 모든 것이 부풀려졌다
떨어지는 꽃이 거짓이라면
나는 거짓이겠지
꽃이 있는 곳은 사람들로 북적였고
나는 두 몫의 삶을 살고 있다고 생각했다

백년은 족히 더 되었을
가업을 이어 받듯
꽃이
떨 어 진 다

잠깐 외롭다는 생각을 한다
계절이 또 바뀌고 있을 것이다

손금

주먹을 쥐었다 펼치면 몇 개의 골목이 생겼고
주먹을 쥐었다 펼치면 몇 개의 골목이 사라졌다
너를 모르겠다는 말
겹쳐지는 손금처럼 만났을 뿐이다

손을 쥔 흔적은 길을 만드는지
손바닥 안의 잔금들이 따뜻해지기도 했지
주먹을 쥐고 살거나 주먹을 펴고 살거나
최초의 아픔도 없이 갈라진 이 흔적

얼굴보다 손바닥이 먼저 늙는 생이 있다
갈라지는 것들은 양쪽의 아픔을 갖고 있지 않는 것들이다
수도 없이 잡았던 손이 나를 모른다 했다
그때 주먹을 펴서 내려다본
그 빈손을 달래고 싶을 때가 있다

태어나기 이전에 이미 만들어졌을 어지러운 선들

가끔 내가 나인 게 궁금할 때 들여다보는
수만 갈래 나뉘어진 손금
네 손에서 내 손이 잘리거나
내 손에서 네 손이 잘리곤 했다

주먹을 쥐었다 펼치면 몇 개의 골목이 생겼고
주먹을 쥐었다 펼치면 몇 개의 골목이 사라졌다
막다른 골목일 때도 막다른 운명일 때도 있었다

지금은 빈 골목만 있는 손바닥
오늘도 누군가의 손을 잡는다 두려움 없이

세상의 모든 노래는 젊어서

'헤일 수 없이 수많은 밤을 내 가슴 저리도록 아픔에 겨워'*

할머니가 노래를 부릅니다 세상의 모든 노래는 젊어서, 나무와 새 그리고 몇몇의 꽃이름을 대면 봄이 됩니다 할머니는 죽어 꽃이 되고 싶다 했습니다 할머니는 봄들에게 너무 많은 심부름을 시켜놓고 기다리고 기다립니다

'오늘도 기다리는 동백아가씨'*

할아버지는 죽어 새가 되었다 했습니다 1절을 겨우 넘기며 할머니가 숨차게 올려다보는 하늘이 그 이유입니다 나뭇가지가 너무 흔들려서 새가 되었다는 말을 나는 잘 알아듣지 못했습니다

이제 할아버지의 청춘은 할머니가 흥얼거리는 4분의 4박자 노랫가락 속에만 있습니다 '가신 님은

그 언제 그 어느 날에 외로운 동백꽃 찾아오려나'* 2절의 끝에 이르도록 한 마리의 새도 날아오지 않습니다

바람 한 점 없이 공연한 동백꽃만
뚝 뚝 떨어집니다
봄날 중 하루가 가장 긴 날을 골라 불렀던 노래입니다

* 가수 이미자의 노래 〈동백아가씨〉 가사

강박 신경증

삼월에서 온 사람이
꽃이 피었다 했다

나는 사월의 눈을 가진 사람이어서
삼월을 몰라

두고 온 것들을 생각해
잠겼지 잠겼지 잠겼지

현관문의 손잡이를
스무 번쯤 돌려보면

오월에서 온 사람이 꽃 졌다 하네

처음부터 꽃을 믿지 않았으므로
잊은 것이 있는 사람처럼 집으로 가
잠긴 것들을 확인하곤 하지만
열린 것들은 확인하지 않았지

잠겼지 잠겼지 잠겼지
꽃들의 이름을 믿지 못하는 사람처럼
손잡이를 돌려보면
삼월에서 온 사람이 피었다 했던 꽃은 다 거짓말

나는 사월의 눈을 가진 사람이어서
삼월을 몰라
철컥, 잠겨 있는 꽃들

흰 할머니를 잃었다는 동화

파랑새를 구하지 않아도
젊어질 수 있어요

칫솔을 손에 쥐고 내 쪽으로 등을 보이고 앉은 할머니가 움직이지 않을 때마다 어디가 아프거나 죽을 것 같아서 고개를 조금만 숙여봐, 염색약 냄새가 지독하다니까

여러 갈래로 나누어 공들여 빗질을 하면 동화에 등장하는 젊고 아름다운 새색시, 희끗희끗한 머리카락은 모두 빛의 소유물들이죠

죽은 할머니가 누워 있는 방을 기웃거려요

한 올도 빼놓지 않고 구역질을 참으며 세 번쯤 할머니를 깨워요 나는 어렸고 열까지의 숫자를 셀 때여서 그때 사라진 사람들은 다 어리거나 젊어요

고개를 더 숙여보라니까, 샘물처럼 염색은 동화의 좋은 소재이지만 내가 이해할 수 있는 이상으로 암울해요

검은색의 물을 들여도 자꾸만 흰 뿌리부터 밀고 올라오는 할머니, 햇빛이 할머니의 모래 색 머리카락으로 쏟아지고 있어요

검은색 세월에
흰 할머니를 잃었다는 동화를 읽었어요

낭만적 등곳길

벚꽃이
사방에 흩날렸다
아무 곳으로 가도 상관없잖아

남학생들은 휘파람을 불었다
여학생들은 지나치게 자주 웃었다

힐끗 쳐다보는 아이들
나는 계절에 비해 얇은 옷을 입고 다녔다

졸업을 할 때까지
아이들은 내 이름을 부르지 않기로 했다
나무에서 꽃잎까지는 걸어서 사십 분이 걸렸다

꽃잎이 머리 위로 떨어졌다
가만가만 고개를 숙이고 걸었다
꽃잎을 떼어냈다

길을 잃을 염려는 없었다
나는 여기밖에 못 왔다

할머니 언제 이곳까지 와서 울고 계셔요

이곳의 봄은 늦어서
아직은 잔뜩 웅크리고 앉은
작은 꽃망울들

관목의 가지 끝에서 살았다
겨우 다섯 살배기여서
더는 그 봄에 대해 변명하지 않고
멀리 떨어질수록 잘 보이는
할머니 언제 이곳까지 와서 울고 계셔요

나는 묻고 꽃은 답하고
꽃은 묻고 나는 답하고

오전의 꽃잎과 오후의 꽃잎은 다른가요
내가 꽃들에게 말을 거는 방식은 매일 달라서
할머니도 가끔은 울기 위해 이승으로 잠시 나오는데

발그레하게 뺨을 붉히는

이제는 길이 들어 부드러워진 봄
흐릿한 시야로 더 잘 들리는,
멀리 가지 말아라

꽃상여

꽃상여 하나가 산을 올라간다

저 풍경을 봄이라 하자
산책로의 꽃들은
이미 져버렸으니

다시 봄이 오면
혹은 이곳으로 오지 않았더라면

산책로의 꽃들은
이미 져버렸으니

나를 태우고
꽃상여 하나가 산을 올라간다

2부

공기놀이

가위바위보

내가 제일 처음 배운 놀이는
가위바위보
망치는 가위를 부수고
가위는 보를 자르고
보는 주먹을 꽁꽁 싸매고

선택만이 있는 놀이
당신이 나를 처음 낳았을 때
당신의 가위가 나를 자르고
잘린 내가 보자기에 꽁꽁 싸매지고
나는 주먹 같은 울음을 계속 울었지
당신과 나는 그런 만신창이 놀이를 하고 놀았지

승자와 패자가 금방금방 갈리는 놀이
두 주먹이 만나서 이기고 지는
맹목적인 규칙
작은 손이 큰 손을 이길 수도 있는
나는 겨우 여섯 살이었지

무승부가 없는 놀이
나는 지기만 했지
바위는 보에 지고
보는 가위에 진다
조금만 기다리면 데리러 온다고 했지

혼자서도 할 수 있는 놀이
두 주먹만 가지면 할 수 있지
내 주먹과 증오만으로도 나는
나를 만신창이로 만들 수 있지

신발

발 하나 들어 있지 않은 난전의 신발들
맨발보다 더 시려 보이는 저 표준의 사이즈들은
몇 번을 신어 보고 몇 번을 돌아서 보고
몇 번을 벗어두고 나서야
발의 온도를 이해할까
오늘도 얇은 먼지와 흰 눈에게 제 크기를 내어준다
겨울, 한기를 견디던 힘으로 발을 기다리는 일
진열이 아닌 나열의 추운 발
그러나 아무도 저 시린 발은 사지 않겠다는 듯
지나가는 걸음들은 빠르다
맞춤이 아니어서 주인이 없는 발
몇 켤레의 신발을 신어 본 후에야
제 발의 온도를 고를 수 있나
나열의 난전 앞에서
고개를 갸우뚱거리는 내내
신발이 발을 믿지 못하는 것인지
발이 신발을 믿지 못하는 것인지
몇 켤레의 신발이 들렸다 놓였다 신겨졌다 벗겨졌다
뒤꿈치 똑똑 딛고 싶은 저녁 무렵

누가 나열의 난전에 놓인 신발을 사고 싶을까 생각하다가

아무래도 유리 너머 진열의 신발들에 눈이 홀리는 날

퉁퉁 부은 저녁의 발에 난전의 신발 한 켤레를 신겨 보는데

그새, 벗어놓은 헌 신발도 좋다는 듯

흰 눈발 내려앉고 있다

지갑

모르는 사이에 빠졌을 누군가의 뒷주머니
흙 묻은 어제와 어리둥절한 분실이 반으로 접힌 지갑

시골집을 배경으로 다섯 살 남짓 여자아이가 노인의 명치 아래서
한쪽 눈을 찡그리고 있다 유효기간이 지난 카드와 로또 복권 속
여섯 개의 숫자들, 마지막 저의底意 같은 현금 삼만 원

누군가는 한참 동안 제 몸을 뒤졌을 것이다
지갑 어디를 뒤져 봐도
넉넉한 한때가 들어 있던 흔적이 없다

지갑을 줍고도 횡재한 기분이 들지 않는
두리번거리는 감정
잠깐 열렸다 닫히는 햇빛 사이로

흐린 구름이 두툼하게 끼워 넣어지고 있다

정처가 없는 것들
두툼하게 두드려보지도 못한
스스로 열고 채울 수도 접을 수도 없는

누군가의 낡은 뒷주머니를 열어보는 오후

어금니

어떤 죽음의 부검에 내 연령이 연루되어 있다고 했다 당신의 어금니를 확인해 보았냐고 했다 아직은 치열 가지러한 주민등록번호를 대고 나서야 벗어난 연루 내가 나를 증명하는 일은 간결했다

여자와 나는 어금니 한번 앙다문 적 없는 사이 어느 저수지에서 변사체로 떠오른 여자는 어금니만 남았다고 했다 이후로 나도 어금니가 자주 시큰거렸다

여자의 치통에 소다수 한 방울을 떨어뜨린다 외할머니가 어린 내 치통을 달래던 방식이다 여자의 아픈 나이가 있는 귀밑도 꾹꾹 눌러준다

얼굴도 모르는 죽음을 위로한 며칠, 어쩌면 여자도 나도 질긴 한숨 같은 것을 오래 질겅거렸을 것이라는 추측을 했다

공기놀이

얼마나 빨리 나를 키웠는지
할머니는 모른다
공깃돌을 바닥에 흩뜨린다
햇살이 내 머리 어딘가를 비추었고

공깃돌 하나를 공중으로 던져 올리고
하루 이틀 사흘 나흘
슬며시 할머니 머리맡으로 물그릇을
밀던 잔기침 같은 새벽은
내가 받은 다섯 살 생일 선물이었다

산벚나무 꽃잎이 마당으로 날아들었다
공깃돌을 공중으로 띄워
손등에 올린다
늬 엄마가 너를 몇 번이나 흘릴 뻔했단다

이번 판엔 쉬어,
틀린 나이를 먹지 않아서 좋았다

상대의 나이가 틀릴 때까지
기다려서 좋았다

또래 아이들보다 너무 적은 나이를
먹는 건 아닐까 억울하고 억울해했다
하지만 흘린 나이를 먹는 아이도 있다
손등 위 돌을 던져 올려
떨어지는 나이를 잽싸게 잡아챈다

열두 살, 열다섯, 열아홉 살
조등 아래 쪼그리고 앉아
손에 모아 쥔 다섯 개의 공깃돌을 바닥에 흩뜨린다
이번엔 할머니 차례다

속눈썹 연장술

길고 풍성해지길 원하는군요
당신은 벌써 열세 번째
다른 말을 반복하고 있어요

쌍꺼풀이 있는 핑계 깊이 들어간 부연 미간이 좁은 해명이 서로 다른 이유로 붉어지는 눈매는 당신 것이 맞나요

숨기고 싶은 것들이 늘어날 때
사실은 말이야, 라고 하는 거짓말이나
더는 자라지 않는 속눈썹
C컬 JC컬 J컬의 천연모들은 감쪽같아요

파르르 떨리는 진심 당신의 눈썹 한 올에 딱 한 가닥씩 아무렇지 않게 거짓말을 붙이는 거예요 너무 긴 궁리는 조심해야 해요 눈썹끼리 엉겨 붙으면 곤란해요 한꺼번에 두세 개의 눈썹이 빠져버릴 수 있거든요

자연스럽게 아찔해져야 해요
어디, 불어난 눈썹만큼
당신은 무거운가요

베이비 박스

불시에 아이를 키우는 곳
갓난아이 한 명을 들일 수 있는 철제박스는
내내 가임기에 들었다

타인에 의해 한 출생이 놓여지기도 하는
난산의 시간
잠깐의 태중기에는 생년월일과 기저귀
먹던 분유가 들어 있다
이미 태어났고 다시 태어나는 울음들

한 아이를 꺼내고 나면 다시 빈방이 되는 박스
그믐, 돌아서면 비밀이 되는 캄캄한 발목들
어디부터 어디까지를 산통이라 해야 하나

첫울음을 구별할 수 있는 달은
가장 무거운 시간을 빌려 가라앉는다

가진통의 얼굴들은 어디로든 떠날 것이다

달방

골목 여관 문에 붙어 있는
'달방 있습니다'

달과 방을 번갈아 보다가
보름에 들어 보름에 나온다면 환하겠구나
라고 생각한다

저 방에 들면 셈이 흐려지는 건지
언젠가 후미진 달방에 캄캄해진 몸으로 누워 있던
친구를 데리고 나온 적 있다

달을 채우지 못한 빈방
얌전한 문갑 위의 수첩 속에는
큰곰자리의 북두칠성, 카시오페이아자리, 페가수스자리와 같은
길잡이 별들이 최근(마지막) 통화목록에서 빛나고 있었다

달은 의외로 너무 좁아,
다 갖고 갈 수가 없어

그녀에게서 나는 두어 권의 책과 머플러 립스틱을
나누어 받은 기억이 있다

별은 우리가 있는 곳보다 훨씬 더 먼 곳에서 반짝
인다

버들강아지

며칠 병실 간이 침상에서 조각잠을 잤다
젖을 말리는 어머니 몸에서 단내가 났다

앙상한 가지
젖은 더 이상 불지 않을 것이다

날파리증

아무래도 어느 여름날
저녁의 물가를 눈으로 갖고 있는 것 같아
날아오르는 날파리들
여름의 물가는 위험해
베개 속 돌돌 말린 부적이 네 여름이란다

인디언들에게 죽음은
누군가의 기억에서 잊히는 거라는데
나는 몇 번쯤의 죽음인지
처방전도 없이 병원을 나왔어
잊고 지내다 보면 편해질 거래

보이는 것도 다 믿지 않기로 했지
누구는 떠내려간 운동화 때문이라 했고
누구는 삼재 때문이라 했어

흘렀다가 제자리로 돌아오는 물살은 없지
물 밖으로 나온 아이들은 모두

나를 본 적이 없다고 했어

나는 물에 젖은 옷가지를 비틀어 짜고 있었어
아무것도 대답하지 못하는 저녁이 있지

철거 통지문

저 문을 세워 둔 적 있지

난 상관없어, 찢어지거나 구겨지거나 버려지거나
문밖의 가족사들이 모두 그랬다

집을 나가라는 말을 듣는 순간에서야
집 안의 날들이 떠올랐다

고물상 삐져나온 철제문 틈에 끼인
몇 통의 철거 통지문은
짤막하고 다정한 문장
집에 같이 가자

편지를 읽어 드리겠다고 약속했던가요?
문밖으로 뜯겨져 나오는 집의 골격들,
발신인과 수신인을 오가는 날짜들
문은 완강하지만
가장 협조적인 존재이기도 해요

아주 궁금해하고 있다는 걸 알아요
어디서부터 시작해야 할지 모르겠지만
조마조마한 마음으로 기다리겠지만
걱정하시는 일은 없을 거예요

유감이지만 별 볼 일 없는 집 한 채 무너진 자리가
우표 한 장 붙지 않은 공터로 남아요
돌아와서 제가
그다음부터 읽어 드릴게요

아무도 없는 거실과 가구들 그리고 깨진 꽃병이 있어요
저 낡은 문 하나를 버리고 나면 모두가 편하다

콜렉트콜

꽃에 손가락을 넣고 돌리던 번호가 있다

상대방을 확인하세요

엄마~

꽃판에는 활짝 피는 번호들이 있다

계속 통화를 원하시면 숫자 버튼 중 하나를 눌러 주세요

꽃이 지면 번호조차 생각나지 않겠지

검지손가락 가득 꽃가루를 묻힌다

어느 먼 시대를 거슬러 가서 전화를 받는다

엄마가 되거나 딸이 되거나

얼굴을 바꾸는 번호들

아무 숫자를 눌러주세요

가장 가까운 계절에 꽃잎이 흩날린다

뚜우~

아무리 친근한 목소리에도

자꾸만 끊어지는 사월의 꽃들

마중

문방구를 지날 때쯤 해서는
눈이 내렸어요
공깃돌처럼 흩어져 노는 아이들을 지나고
술 취한 아저씨를 피해 뛰어요
개들이 짖고

빈집들은 개들을 말리지 않아요
두런두런 문의 저쪽 말들이 들려요
할머니의 신발 앞에
나는 조약돌처럼 앉아 있어요
더 이상은 갈 곳도 없는데
할머니의 말소리는 점점 더 멀리 가고 있어요

지금은 간판만 남은 서울미장원을 지나
아무도 내다보지 않는 창문을 지나가요
할머니를 배웅하러 따라 나섰던 묘지는
골목을 지나 아주 예전이 끝나는 곳에 있어요

할머니와 더 가깝게 만날 수 있는 곳까지
나를 데리고 가줘요
눈이 펑펑 쏟아지고 있어요
동네를 벗어나 한참을 돌아다녔던

숨은그림찾기

흙벽에 걸린 호미를 찾아 동그라미를 친다
마당 흩어진 신발 속에서 갈매기
수돗가 낡은 빨래판 위 쓰다 만 칫솔
윤기 잃은 마룻바닥엔 못 하나 튀어나와 있다

늙은 대추나무 가지에 걸려 있던 그네의 흔들거림은
이미 누가 찾았는지 보이지 않는다
나가는 문도 들어가는 문도 없다
사람을 많이 잃어버린 집일수록
찾아지지 않는 사람이 있다

뒤꼍으로 가면 빈 단지 몇 개 들어앉아 있다
거기 제일 작은 단지 안의 오래된 맹물 속
낯선 아이 하나 나를 빼꼼히 올려다본다
그때 빗방울 몇 개 후두둑 떨어지고

방금 찾은 아이를 다시 덮어 숨긴다
맹물도 오래 묵으면 얼굴 하나쯤은 품을 수 있다

창

깨진 창을 가지고 노는 아이들
어디서 났니?
엄마가 줬어요
재빠른 변명이 나오는 아이들

누군가 오래 흔들다 간 창 앞에 모여
재는 못 뚫는 창이 없다니까요
서로를 가리키며
낄낄댄다
애플리케이션 구매 창에서 교복을 벗는 아이들

매일 드나드는 창인데
아무도 알아보지 못한다니까요
어리다는 게 적절한 나이가 아닌가요?
닫힌 창을 골라 기웃거리는 아이들

창밖에 갇힌 아이들

무릎

무릎은
위로하는 방법을 알았다랄까

늦은 밤 놀이터 벤치에서 들리는 울음소리
한 아이는 교복 치마에 살짝 가려진 무릎을 내어주고
다른 아이는 그 연한 무릎에 얼굴을 묻고 흐느낀다

무릎은
가지런히 소리를 모을 줄 안다

엄마가 다녀간 후면
외할머니의 무릎 통증이 심해지곤 했다
많이 아프냐고 묻는 내게
무릎에 찬 물 때문이라며
물만 빼면 감쪽같이 나을 거라 했다

무릎은
슬그머니 힘을 빼고 기다린다

친구 남편의 부음에
장례식에 입고 갈 옷을 고르며
위로의 말들을 뒤적이다가
내 무릎이 아직은 따뜻하다는 생각

물 흐르는 소리를 찾는 어린 귀
외할머니의 무릎 같은 반달에
물이 차는 밤이다

환승

몇 장의 꽃잎 세는 동안
손가락 끝을 빠져나가는 꽃

내리실 분은 벨을 눌러주세요
난 여기까지야
저녁마다 버튼이 붙어 있다

꽃잎과 꽃잎 사이로 차창이 지나고
졸음이 밀려오고
꽃에 내리려면
건망증만큼의 할증이 있어서

몇 장의 붉은 꽃잎
다시 세는 동안
덜컹, 흔들리는 버스

어떤 꽃은 나무에 들어 햇살만 축내고
한철 흩날리는 봄

우린 다른 봄을 살았을까
난 여기까지야

3부

사다리타기

냇가의 물이 무릎까지 차오를 때

누군, 저 흰 꽃들을
흩날리다 내려앉은 눈송이라고도 하지만
내 눈만 여름을 오래 지나고 있지

물가 줄지어 피어나는
다년생의 꽃들을 바라보다
나이라는 것이 얼마나 모호한가라는 생각

언젠가 잊어버릴 나이라면
여름은 여기까집니다
꽃들이 서툴게 세상을 떠나는 방식

잠시 졸았는지
아직도 궁금한 게 남았다면 얼마든지 남아도 좋습니다
마흔 번째 여름을 동정하는 버릇

이미 오래전에 꽃들은 가고 없겠지만

8월의 성수기를 자꾸 나눠 갖자는
철없는 분분紛紛

나는 내 나이보다 더 오래 살아남을 수 없겠지만
어디까지입니까,
8월에게 물어보게 되는

냇가의 물이 무릎까지 차오를 때 듣던
어른들의 이야기
나이에 뛰어든다는 건 정말 끔찍한 거야

마지막 졸음

나는 빛이었다가 꿈이었다가 졸음이었다가

깜빡 졸듯이 그렇게 떠나는 게 꿈이라 하셨더랬죠 졸음이 꿈이 되고 꿈이 졸음이 되는 한나절이 있어서 빛은 이미 수천수만 번을 더 왔다가 가버리지 않았겠습니까

할머니의 눈꺼풀 위로 따뜻한 졸음이 내려앉는 동안 나는 뭘 해야 하는 것일까 생각하다가 빛이 커지기를 기다리기로 해요

내게도 할머니는 빛의 일부여서 아이들이 붙인 껌을 떼어내느라 싹둑 자른 앞머리를 쓸던 거친 빗질을 기억하는데 그곳에는 지금 아무도 없다고 할머니가 나를 알아보지 못하는 몇 달 동안 해가 잘 드는 병실 창가로 억울한 빛이 쏟아지고 있어요

휠체어에 앉아 꾸벅 졸고 있는 할머니를 깨우려다

가만 둡니다 나는 뭘 해야 하는 것일까 생각하다가
꿈이 더 커지기를 기다리기로 해요

물고기 계단

두 마리 물고기가 벽화를 따라 계단을 내려옵니다

계단은 어디로 흘러가나요 상류란 항상 거슬러 올라가야 하나요 고인 강물을 내려오는 물고기의 몸이 툭툭 잘려 있습니다 하루도 쉬지 않고 흐르는 계단은 몇 급의 하천인가요

매일 계단을 오르는 노인은 몸을 틀거나 쉬면서 계단을 올라갑니다 이 물길은 아주 오래전에 설계된 것입니다 수백 번 숨을 잘라야 오를 수 있는 외길

위쪽에 하필 집을 두었습니다 태풍이나 파랑 그런 것들은 먼 곳에서의 일입니다 노인은 물속으로 가라앉는 듯하다 이내 다시 떠오릅니다 언제나 떠났지만 어디에도 닿지 못합니다

노인은 한 발 한 발 어렵게 물길을 빠져나갑니다
팽팽하게 당겨진 수면 위로 튀어 오른 물방울들은

육지로 나온 물고기처럼 펄떡입니다 노인은 물고기
와 같은 방향으로 걸어갑니다

계단에 귀를 대면 헐떡헐떡 물 흐르는 소리

신발을 멀리 던지면 누구나 길을 잃겠지

저녁 강에 던져진 꽃들이
오늘, 강기슭에
낱장의 꽃잎으로 떠오르고

신발을 멀리 던지면 누구나 길을 잃겠지

모래톱에 찍힌 발자국에는
지난밤 큰 물고기를 물가까지 끌고 나온 수달이 있고
들쥐를 쫓는 너구리가 있고
황조롱이 한 마리 앉았다 날아오르고

나는 아직 젊어서
어지럽게 흩어진 발자국들을 꽃잎이라 불러본다
나는 조금 더 앉아 있기로 한다

아직도 지나가야 할 발자국이 많다고
떠오른 낱장의 꽃잎들

집에 가려면
더 많은 발자국들의 쇠락을 겪어야 한다

발자국을 지나다

돌아가야 했다 길을 잃었을 때는 가장 가까운 발자국을 찾으라고 할머니가 어두침침한 말투로 일러주었었다

평생을 강 근처에서 살았기 때문일까 모래톱에 어지럽게 찍힌 발자국들은 생김새가 비슷했다 신발을 던졌다 그리고 딱 그만큼만 맨발에 흙을 묻히리라 마음을 먹었지만 웬일인지 나는 강으로부터 더 멀어져 있었다

수달 너구리 새가 남긴 발자국을 따라가면 해가 지겠지 나는 강이었다가 꽃잎이었다가 발자국이었다가

겁怯이라면 수백 번 수천 번 나를 지나간 겁劫이라 하겠다

주먹 쥔 나이

내가 아는 가장 먼 과거

벽에 걸린 대형 달력에는 그해의 열두 달이 모두 나와 있었어 음력의 날짜 속에 나는 아주 작게 쓰여 있었지

생일날 동그라미를 그려 넣고 며칠이나 남았는지 세어 보지 않았지만 나는 아직 멀었거나 한참이나 지나 있었지

봄에 여름을 사는 나를 여섯 살이라고도 하고 일곱 살이라고도 했어

나는 남는 달, 그러니까 내가 계절의 변화에 어긋나는 것은 필연적인 일, 윤달에 생겨난 내 생일은 왜 매년 돌아오지 않는지 손등으로 달을 세어 보았어 주먹 쥔 왼손에 불쑥 튀어나와 있는 달의 주머니 속에는 아직 태어나지 않은 달의 뼈가 만져졌어

오른쪽부터 큰달 작은달 큰달 작은달 세어 가다
보면 오래전의 나는 위험하고 불길한 징조였다는 것,

여전히 주먹 쥔 나이라는 것

간주

돌아보니 1절로 끝난 일이 참 많다 따라 부를 가사 한 줄 없는 지루한 간주도 없었다 어쩌다 2절까지 이어지는 때에도 고개 대신 발끝을 까딱거리며 수긍도 부정도 아닌 노래의 순간을 기다렸다 가사가 없는 시간, 노래 속에는 헤어지는 사람이 많았다

노래방 조악한 조명 아래 나는 아무도 불러보지 않은 노래처럼 앉아 환해졌다 어두워졌다 다시 환해진다 가사가 없는 노래의 한 부분을 훌쩍 뛰어넘을 수는 없을까 노래를 부르며 노래에서 벗어나 후렴구가 반복되곤 하는 노래들을 다시 기다려야만 할까

제목으로도 첫 소절로도 찾아지지 않는 노래를 고르다 보면 입에 붙은 노래 한 곡 변변하지 않다는 것, 팡파르 울리는 순간도 없다는 것

바래다줄게

바래다줄게, 꽃 피는 근처까지

막 햇빛이 다녀간 벤치에 앉아
지루한 발밑에서 절걱거리는
돌멩이 소리를 듣곤 했지
문득 새들이 날아들었다 흩어지고

갓 쌓인 눈에 발이 잠기는 순간까지만
바래다줘
말을 걸지 않았다면
이곳까지 올 일도 없었을 거야

어디?
오래된 질문이 마음에 들어

이따금 고개를 들어 올려다보면
새들이 꽃나무를 흔들고 지나가는
여기 어디였는데

꽃나무 성긴 가지 틈으로
내 나이가 비치던

바래다줄게, 긴긴 봄
눈가가 붉어지는 그곳까지만

예쁜 혈액형

예쁜 혈액형을 갖고 싶었어 집으로 가는 길을 잇는 하얀 조약돌을 모으고 싶었어 혈액형은 마치 동화 속에 나오는 과자의 집 같은 곳이었어 훔치고 싶은 것들은 모두 예뻤지

여기 조금만 있으렴, 예쁜 혈액형을 말하면 원래의 혈액형은 길을 잃고 숲을 헤매고 다녔지

가족은 서로 길을 잃고 헤매는 혈액형들이지

달빛이 비치는 창가에 설탕가루가 먼지처럼 뽀얗게 날렸어 아그작아그작 덜 구워진 이야기를 베어 먹었지 깊고 그윽한 주문들은 단맛이었어

얘야, 손가락을 내놓아라 나는 원작으로 오진되기도 했어 넌 너무 말랐구나, 길을 잃은 어른들이 미로처럼 제자리로 돌아오는 숲 분명히 떡갈나무 왼쪽이었는데 다 자라버린 약속 장소는 꽤 멀어져 있었지

과거로 달리는 시속

어느 동굴엔 아직도 숨어 있는 선사시대가 있다

그 동굴의 벽화에서 출발하여 이제 막 도착한 듯 중부내륙고속도로 터널의 벽에 몇 무리 사람들이 도착해 있다

제각각의 방향으로 도망치듯 달리고 있다

수 세대 전에도 그랬다
이미 어느 꽃들은 피었다가 지고
제자리 뜀도 오래 하다 보면 어느 곳이든 도착할 수 있다

함께 출발했던 주술의 기억은
동굴의 저쪽에 두기로 했다

환한 곳이라고 다 근사한 것은 아니겠으나 앞질러 가는 몇몇 어느 꽃들을 터널이라 부르면 밤이 낮처

럼 환해질까

어디로 뛰든 까마득한 시간이거나 잠시 후에 만날 풍경이겠지만 선사시대를 달리고 있는 저 붉은 꽁무니들

앞차와의 간격은 좁아졌다가 넓어졌다가
졸린 눈을 비비고
이 터널들을 다 빠져나가면
어느 과거의 햇살에 눈부실 것 같은

숟가락

다섯 살 아들 녀석 밥 먹지 않겠다며
숟가락을 집어던진다
여느 때보다 심하게 아이를 혼냈다

나는 객숟가락이었던 적 있다
열네 살, 사고로 부모님을 여의고 큰아버지 댁 군식구가 되었다
큰아버진 숟가락 하나만 더 놓으면 된다 하셨고
큰어머닌 숟가락 하나를 더 놓아야 된다 하셨다

양푼 가득 밥을 비비면 밥과 나물이 잘도 섞였다
네 명의 사촌이 부딪는 숟가락은 리듬을 타며 정겨웠는데
내 숟가락만은 엇박으로 치달아 박자를 놓치곤 했다
그렇게 어눌한 숟가락질이 부산해도, 너무 느려도
눈치가 보였다
숟가락 위에 밥이 많이 올려져도, 너무 적게 올려

져도

눈치가 보였다

가장 힘들었던 건 숟가락질이었다

숟가락은 쉬 부러지지 않는다

나는 바닥에 내동댕이쳐진 숟가락을 주워 들었다

사다리타기

해바라기씨를 뿌렸어요
누구나 저 씨앗이
꽃에 도착할 거라 믿고 있죠
커다란 잎들은 어긋날 것이고요
나는 몇 번째인가요

모가지를 꺾는 꽃들을 지나가요
더 오래전에 태어난
꽃으로 가는 거예요
사다리를 타고 올라가는 거예요
뒤돌아보면 볼펜의 표시를 끌고 오듯
뿌리째 뽑혀 있는 번호들
나 말고도 사람들이 더 있어요

한방향이어야만 하나요
안방 문을 열면 외할머니의 숨소리
오르락내리락 주저하고 있어요
꽃에 도착하려면 아직 멀었나요

세 번째 줄에 있는 꽃을 지나 오른쪽으로
다시 왼쪽으로 몸을 돌려요
꽃으로 가서 꽃으로 지는 일
나는 몹시 지루해요

해바라기 꽃이 끝없이 피어 있어요
얼굴이 검은 꽃은
눈코입이 너무 많거나
아예 없는 얼굴이에요

이제 외할머니 목을
뚝하고 꺾을 순간이에요

천하명당복권방

언 몸도 녹일 겸 사촌동생이 운영하는 복권방에 들렀지요 이곳에 집을 짓거나 묘를 쓰면 좋은 일이 일어나고 후손까지 복을 누릴 수 있다고 믿었다죠

왜 운 좋은 사람의 요건은 꼭 전생의 공덕에만 있을까요

한쪽 벽면 대형 그림판을 빼곡히 채운 구렁이 꿈은 9번 거북이 꿈은 17번 시험 보는 꿈은 42번 꿈이 숫자에 껴든 것인지 숫자가 꿈에 껴든 것인지는 모르겠으나 특별한 꿈이 드나드는 이곳 사람들의 입술은 왜 바짝 말라 보이는 걸까요

왜 숫자는 살아 있는 숫자보다 죽은 사람이 일러주는 숫자들이 더 영험할까요

정수기 앞에 남자 하나가 등을 보인 채 그림판을 오래 들여다보고 있어요 지난한 일생의 꿈과 마흔다

섯 개의 숫자가 섞이면 확률일까요 운명일까요 그 어느 것이나 상관없겠으나

이곳의 사람들은 어느 인생의 부역을 대신 치르는 사람들처럼 고단해 보여요

공공근로

꽃이 피었다가 질 때까지의 일입니다

챙 넓은 햇빛가리개 모자를 눌러쓴 할머니들이 도로변 화단에 자그맣게 앉아 있습니다 꽃을 심고 있습니다 꽃들의 이름은 잘 몰라서 서로 서먹서먹합니다 도로변 화단만 싱숭생숭합니다

몇 장의 달력을 넘기듯 도로 위의 차들이 휙휙 지나갑니다 꽃보다 더 고운 할머니들은 자꾸만 고개를 돌려 등 뒤를 묻습니다 무사한 여름이 뒤따라오나 자꾸 확인합니다 엉덩이에 흙이 묻어도 꽃 피는 일당이 마냥 좋은 봄날입니다

봄에서 여름까지의 일입니다

공작단풍

이름이 섞인 수종들

실내 정원수로 심어 두면 가문에서 큰 인물이 나온다고 하더군요 아버지를 햇빛이 잘 드는 곳에 두어야 해요

한 나무에 오래 앉아 있다 보면 나무를 닮아가는 새들, 왜 그곳까지 올라가 계신 건가요 시월이 삼분의 일도 붉어지지 않았어요 절망은 가까이에서도 보이고 멀리서도 보이고 기껏 깃털뿐인 가문 그 많은 의안으로는 어디까지 내다볼 수 있는지 묻고 싶은 게 있어요

나무가 되고 싶은 새도 있나요
나무가 되고 싶은 새는 없단다

단풍은 회한의 수종이라서 저 멀리 산등성이를 둘러보는지 발치를 내려다보는지 알아볼 수가 없지

만 당신에게서 떨어진 나는 새인가요 나무인가요

해가 짧아지고 날이 더 선선해지면 구겨진 채 떨어질 아버지

이미 내가 알고 있는 마지막은
다시 희망 없는 한 달
빛이 드는 쪽으로 나는 떨어지지 않는 걸음을 옮길까 해요

4부

가임기의 나를 지나는 아이들

무궁화 꽃이 피었습니다

모두가 나를 볼 때 나는 벽을 본다

연속으로 꾸는 꿈 누군가 술래를 끊어 깨워 보면 아무도 없다 다만 낮은 베개를 베고 있는 꿈의 저쪽에서 여전히 이쪽을 향해 살금살금 다가오는 것들이 있지

꽃 이 피 었 습 니 다 무 궁 화 아이들이 순서를 뒤바꾼다 다시 까무룩 잠이 들고 창밖 골목에선 아이들이 놀고

중고 가전제품 삽니다 피아노 냉장고 세탁기 컴퓨터 망가진 잠을 삽니다 트럭이 지나가고

또 잠에서 깨어보면 나는 몇십 년 후에 와 있거나 나는 몇십 년 전에 가 있거나 꿈의 저쪽에서 와와아 하고 흩어진 나이들 내가 술래가 되기도 하고

술래의 등을 치고 달아나고 벽에 얼굴을 묻고 울먹이고 뒤를 돌아보면 아무도 움직이지 않고 다시 술래가 되고

한 송이 두 송이 꿈 아래로 떨어지는 무궁화 꽃 그 나이들을 모두 불러 모으면 지금의 내 나이가 되고

다시 밖은 어둑하고 저녁이 오고

가임기의 나를 지나는 아이들

얼굴이 없는 아이와 울음이 없는 아이의 모종 몸살, 푸르스름한 발목들이 흙과 공중으로
나뉘어 구부러진, 여전히 뺨을 붉히는 얼굴들

내가 나를 지나면서 두고 온 아이들

삼월의 아이와 손을 잡고 꽃밭을 가기엔 이른 시간, 퉁퉁 부은 목젖으로 사월의 아이가 울고, 터무니없이 작은 아이의 얼굴이 얼마나 더럽던지, 나는 목이 마르고, 우리는 하나이거나 둘이거나, 오월의 아이가 토라진 얼굴로 나를 빤히 쳐다본다

내가 낳지 않은 아이들

자주 눈을 감고 꾸는 옹알이 잦은 꿈, 이제는 몸 밖으로 나오지 않는 아이들, 늙으면서 내가 두고 온 아이들, 태어난 날과 죽은 날은 다 같이 배가 아팠다

손잡고 있는 숫자들과 혼자 가고 있는 숫자들
나를 함부로 용서하는
달력 안의 측은한 요일들

술에 취해 우는 여자는 어떤 얼굴을

슬픔에도 자정이 있나요? 울음은 꼭 자정 같아서 술에 취해 우는 여자는 어떤 얼굴을 위로받고 싶은 거죠 무도회에 갈 수 없는 이유가 여자가 아닌 이유에 있기 때문이죠 명랑도 슬픔으로 바뀔 수 있어서 배다른 언니들은 운동화를 꺾어 신고 집으로 돌아갔지요 홀로 남겨진 여자는 벗겨진 구두 한 짝에 운명이 뒤바뀐다는 원작을 믿고 싶어요

차라리 맨발로 땅을 걷고 싶어요 계모와 이복언니는 행복의 전제 조건인가요? 행복해지기 위해 얼마나 더 불행해져야 할까요 계단은 너무 길어서 구르거나 넘어지거나 일정 부분은 운명에 맡겨야 해요

어느새 시간은 자정이 다 되어가고 여자의 유일한 혈육인 신발은 꽉 끼어 잘 벗겨지지 않아요

그림책은 줄거리를 알고 보면 시시하죠 신데렐라는 계모와 언니들을 용서하고 행복하게 잘 살았다

는데 여자는 어느 페이지에서 귀가하지 못하고 저리
우는 걸까요 자정은 모든 것을 원래대로 되돌려 놓
겠지요 신발을 잃어버리는 일도 없겠지요

애호박

꽃이 피는가 싶으면
어느새 열매를 단다
그래도 꼭지 안 떨어지고
이만큼 왔으면 됐다 싶을 때
버스 뒷좌석 한 무리의 여중생
꽃 떨어진 흔적이 남아 있는 입술들에서
잘나가는 연예인이
삼자대면의 어색한 서술형 문제들이
보글보글 끓는다
나는 무심한 듯 아이들 틈에 앉아
연체된 세금 고지서를 떠올리고
해를 피해 자리를 옮겨 앉고
그때 나는 춥고 어두웠던가
이미 지나버린 몇 개의
무른 계절을 세어 보다가
호박 넝쿨에서 어중간 익은 것만큼
무료한 것은 없다는 생각
서로의 말에 맞장구를 치는

반짝이는 구릿빛 종아리들을 훔쳐보고
오래 널어둔 건조대의 빨래를 떠올리다가
입을 가리고 웃지 않아도 되는 아이들
그 나이들을 등지고 앉아
자란다는 것은
끊임없는 소음에 불과하다는 생각
해는 다시 위치를 바꾸고
더는 자라기 싫은 호박처럼
햇빛 피해 자리를 옮겨야 하나 하는 고민처럼
몇 개의 정류장은 지나쳐 가고 만다

원을 세다

자전거를 탄 아이가 원형의 화단을 돈다
원은 안에서 돌 때와 바깥을 돌 때
기울이는 쪽이 다르다
한 바퀴 두 바퀴 세 바퀴
원의 바깥에 소멸하는 또 다른 원이 있는 것처럼
어느 순간 원은 셀 수 없을 만큼 늘어난다
나는 몰래 아이의 원을 훔친다

누군가 앉아 있는 원을 돌았던 것 같다
자전거를 타고 달을 돌다 보면
내가 잘 모르는 어디쯤에서 갑자기 빨라지는 속도
그때 아무리 세도
원은 늘어나거나 줄어들지 않았다
아이의 원을 아이에게 도로 돌려주었다

이번이 마지막 한 바퀴란다
원은 수백 번의 약속이 분만한 또 다른 세계라서
당신은 아직 오지 않는다

언제 바깥으로 나왔는지
이마가 둥근 아이가 나를 부른다

오래도록 목을 눌렀던 말을 꺼낸다
마지막으로 딱 한 바퀴만 더 돌자
나는 아이를 따라 남은 하나의 원 안으로 들어간다
원형의 꽃밭에서는
쓸쓸한 품종과 명랑한 품종이 함께 핀다

엄마를 한 바퀴 도는 데는
삼십 년이 걸린다

그리운 나무그늘이여!*

버스 정류장에 무릎을 모으고 앉아
흙바닥에 불러오는 소소한 이름들
나뭇가지로 부르고
발로 쓱쓱 지울 수 있어 좋은

나무그늘에는 여름의 아이만 있지
반복되는 버스 시간표에는 뻔한 얼굴들만 타고 내렸어
책가방을 든 언니
농약 통을 지고 가던 노인
아이를 업고 서성거리던 엄마

버스는 옆구리로
제시간을 부려 놓았다 닫고는 사라졌지
지루한 표정이었어

나는 내 발이 조금도 자라지 않기를 바랐지
저녁이 되면 마지막 버스가 동네를 돌아나가고
환하게 밝은 빈 좌석들만 실려 있었어

사람이 사는 마을에는
반복되는 버스의 시간표가 있고
그리운 나무그늘 밑에는
흔들어 지우고 또 지우는
나무의 낙서가 있다는 것을 알았지

* 헨델 작곡의 오페라 〈세르세〉 중 라르고로 쓰인 아리아

불꽃의 이력서

이력서가 면접을 본 회사 앞 쓰레기통에 버려진다 두 장이 넘는 경력은 두어 번의 손짓만으로도 뿔뿔이 흩어진다 평생 하는 일이라곤 무엇을 붙이는 일 아니었던가 철골과 철골을 이어 붙이고 무수한 구멍과 빈틈을 때웠다

가장 빨리 꺼지는 불꽃이 가장 밝다

궁핍한 잔뼈에서 기술이 배어 나왔으니, 기름진 경력의 자격증은 없을 것이다 무엇과 무엇을 붙이는 일이라는 게 맨 얼굴과 맨눈으로는 안 되는 일 용접면에 가려져 밤낮없이 붉게 충혈되던 삼십 년 그의 이력에 눈물이 고인다

파란 불꽃 꺼진 이력의 조각들
쓰레기통 안에서 기형적인 구조로 용접되고 있다

직소퍼즐

봄, 일천 개의 조각으로 흩어진 종이

나무와 꽃잎과 그늘의 모양을 각각 따로 모은다
이파리는 아무리 찾아도 없고
지나온 봄을 뒤적거려 보면
몇 개의 봄은 여전히 비어 있다

떨어지는 꽃잎 다섯 장을 손으로 받으면 소원이 이루
어진대
붙이는 손과 다시 떼어내는 손
가지 하나를 뚝, 꺾어 들고 가는 아이
몇 개의 조각은 올해 안으로 맞출 수 없고

직선으로 잘리는 각각의 조각들
테두리에 두면
하늘이 되고 새들이 오고
얇은 종이 꾹꾹 눌러 아이들을 불러 모으면
아무도 오지 않고

사라지고 없는 몇 조각의 빈 곳에
꽃나무를 심어도 될까

잃어버린 몇 조각
꽃잎 떨어지지 않는 그늘에는
파란 이파리들 돋아나고
벽에 걸리지도 못해
방 한구석으로 내몰린 일천 조각의 봄

다만 이름만 빌려왔을 뿐

나는 여자아이여서
여자 이름이 없던 때가 있었다

두 명의 남동생이 아직 태어나지 않았고
그중 한 명의 이름을 빌려 썼다
다만 이름만 빌려왔을 뿐이라고
표정 없이 중얼거리곤 했다

학년이 올라갈 때마다
한두 명씩은 있던
예쁘지 않아 닮은 이름들
그중에는 남동생을 보았다는 아이가 여럿이었지만
나는 자주 넘어졌고
태어나지도 않은 남동생의 무릎에서 피가 났다
모든 게 이름 때문이다
남동생이 태어나길 바라는
낡고 오래된 주문 같은

어떤 이름은 운명 같아요
자신도 모르게 오른쪽 눈을 찡그리는
얼마쯤은 장난 같기도 한

서너 번의 운명을 약속했던
작명소는 없어졌고
남동생이 태어나던 해에
나는 초등학교 삼 학년이었다

무릎에 난 상처가 간지럽기 시작했고
나는 외로워졌다

육백

할머니 돌아가시고
남겨진 전 재산은 육백만 원 남짓이었다

할머니와 나는 육백을 들고 탕진하고 탕진당하며 밤을 새우곤 했었다 생목으로 넘기는 약들은 효험도 없다면서 난초약이며 단풍약에 비약까지 할머니는 수시로 약을 찾아 드셨다 종종 풍약을 하고도 까맣게 잊어버리곤 했지만 그건 할머니가 부리던 개평의 사치였는지도 모른다

할머니와 나는 서로의 패를 살피며 하루하루를 넘겼다 비광으로 국준菊樽 열 끗짜리를 가져와 할머니의 대포*를 훼방할 때면 할머니는 나를 족보에도 없는 낭패라고 했다 패가 바짝바짝 마르는 날 화투장을 바닥에 내던지며 판을 깨리라 마음먹곤 했지만 그 미루고 미루던 결정은 내가 가진 가장 마지막 패였으니,

먼저 판을 깬 건 할머니다 여섯 판을 내리 선 한번 못 해본다며 혀를 끌끌 차던 밤 비 풍 초, 손에 다 쥐고 약 한번 못 써본 밤 일부러 져준 할머니의 마지막 판이었다는 생각

나는 여전히 혼자 남아 자꾸 선을 잡고 패를 섞고
당신의 육백을 낱장 빼듯 탕진하는 판
그러니까 이번 판은 무효다

* 국화 열 십, 삼광, 팔광 세 장을 먹었을 때이며 삼백 점을 얻을 수 있다

불안한 이탈

자정이 가까운 시간
길옆에 늘어선 학원 버스는
노란 밑줄처럼 보인다

밑줄이 아이들을 태우고
밑줄이 아이들을 내려놓는 동안
지문의 유형은 몇 번 바뀔 것이다
짧은 치마의 아이들은 문제가 너무 길다고 했다

시동을 켠 차량도
시동이 꺼진 차량도
내가 아이를 기다리는 시간도 모두
공회전에 들었다
아이들은 공회전만으로도 이탈이 가능하고

아슬아슬 밑줄을 밟고 다니는
한밤의 아이들
가장 알맞은 것을 고르시오
가장 적합한 것을 고르시오

매번 비슷한 질문에 잡힌 아이들은
발밑으로 연신 침을 뱉었다

우르르 몰려가는 아이들이 하나씩 밑줄을 지우는 동안
몇 개의 구겨진 담뱃갑이 바닥에 흩어졌고
어떤 아이들은 가방이 무겁다고 했다
밑줄을 빠져나가는 아이들은
묻는 말에만 대답을 한다

가을 운동회

엄마는 만국기 중 어느 국기에서 펄럭이고 있을까
매트 위를 한 번 구르고
훌라후프 두 개를 빠르게 통과한다
몇 개의 장애물을 지나
작은 쪽지를 펼쳐 엄마가 나오면
나는 잠깐 동안 지워지는 아이

해마다 할머니는 엄마가 있다는 나라를 바꿨다
안경 낀 할아버지
교감 선생님
쌍꺼풀이 있는 남학생
파마머리의 아주머니
기형적인 가족이어도 너무 좋아
엄마가 아닌 사람의 손을 잡고 뛰는 나는
세상에서 제일 빠른 아이

할머니는 흙이 묻지도 않은 내 운동복을 자주 털어 주었고

가끔 올려다본 하늘엔
만국기처럼 많은 엄마의 나라들이
바람에 흔들렸다

화전花戰*

할머니와 나 단둘뿐이었던 봄엔 참는 것부터 배웠다 햇살은 늙은 놀이와 어린 놀이를 번갈아 건너다니며 섞어 놓곤 했다

어떤 봄은 몸집이 작고 팔다리가 가늘다 발밑으로 꽃잎이 떨어지는 동안 엄마는 아주 젊었으나 나약했다

더 많은 꽃을 모아 오는 사람이 이기는 놀이를 했다면 꽃놀이라 하겠다 너무 많은 꽃을 땄구나, 관목의 줄기처럼 아무렇게나 자란 엄마가 지천이었으니

내가 엄마를 많이 닮았다고 했지만 한 꽃가지에서 닮지 않은 꽃도 있나

손끝으로 똑, 똑 꽃을 떨어뜨렸다 할머니가 조금 슬플 것 같았다 나는 그 봄이 다 가도록 한 번도 할머니를 이기지 못했다

꽃 지는 쪽이 이기는 놀이였으니

* 여러 가지 꽃을 꺾어 그 수효의 많고 적음을 겨루는 장난

해설

모노산달로스의 시적 여정 : 잃어버린 신발을 찾아 길 잃기

김지윤(시인·문학평론가)

1. 덧없음과 영원함의 사이, 도래하는 저녁의 순간

시는 기다림이다. 시는 늘 어떤 순간을 기다린다. 기다림과 고요, 그리고 비밀 속에서 그 순간은 불현듯 돋아나며, 시인은 그것을 보기 위해 허공을 조용히 응시하곤 한다. 덧없음과 영원함 사이에서 포착되는 그 어느 빛나고 날카로운 순간을 존 버거는 '시의 한때'라고 불렀고 황현산은 '시적 시간'이라고 불렀다.

『카메라 루시다』에서 롤랑 바르트는 '스투디움'을 말했다. 스투디움은 누구에게나 편안하고 자연스럽게 받아들여질 수 있는 친숙하고 상식적인 것이지만 어느 날 갑자기 스투디움이 깨지는 순간이 찾아온다. 물론 당연히 '갑자기'다. 라틴어로 '점點'을 뜻하는 푼크툼은 날카로운 화살이 꽂히는 지점처럼 강렬한 어떤 순간이 난데없이 엄습해오는 것을 의미한다. 깊이 박히려면 화살촉은 뾰족해야 한다. 정확히 깨지게 하려면 말이다. 그러니 시인은 세상을 향하는 창에 금이 가는 균열의 소리를 듣기 위해 침묵하고, 견고한 유리의 약한 부분을 더듬으며 기다린다. 스투디움을 깨지게 할 푼크툼의 순간이 도래할 때까지.

그것은 사람들이 이해할 수 없는 나만의 순간이므로 폴 발레리가 "나 하나만을 위하여, 나 홀로, 내 자신 속에, 마음 곁에, 시의 원천에서, 허공과 순수한 도래 사이에서, 나는 기다린다." (「해변의 묘지」)고 노래했던 그런 기다림이 된다. 다른 이와 나눌 수 없는 시간이며 "허공과 순수한 도래 사이에서" 아무런 약정 없이 오랫동안 머무는 시간이다. 그리고 그 시간은 "시의 원천"이 된다.

박진이 시집 『신발을 멀리 던지면 누구나 길을 잃겠지』는 수많은 기다림을 담고 있다. 오랜 기다림 속에서 숙성되어 깊어진 듯 곡진하게 풀어놓는 시인의 생각과 언어는 첫 시집 같지 않은 내공을 보여주며, 이는 한 편의 시와 같은 「시인의 말」에서도 드러나는 바다. "집으로 가는 버스를 탔다고 생각했지/창밖으로는 꽃들이 지나갔는데//언제까지고 계속될 듯한/한낮이 있어서//언제든 제대로 내릴 수 있을 것 같았는데//여전히 나는 의자에 앉아 있고/다음 정류장은 보이지도 않고"라는 말처럼 시인은 '계속 기다리는 사람'이다.

"언제까지고 계속될 듯한 한낮"과 같은 찬란한 햇살이 쏟아지는 오후, 시인은 무엇을 기다리나? 그녀가 기다리는 것은 아마도 오지 않은 저녁인 듯하다. 그러니 그녀의 '시의 한때'를 저녁의 순간이라 부르자. 모든 것이 다 햇살

아래 드러나 있는 낮의 세상에서 사물들은 그늘과 비밀을 가질 수 없다. 하지만 그녀가 기다리는 것들은 어둠 속에서, 신비神祕 속에서 화살촉을 날카롭게 벼리며 숨어 있다. 버스는 저녁의 시간에도, 멈출 수 있는 장소인 '정류장'에도 도달하지 않은 채 계속 어딘가로 그녀를 싣고 간다. 대체 언제쯤에야 도착할 수 있을까? 그 막막함이 그녀를 시인으로 만든다.

이 시집의 곳곳에서 기약할 수 없는 기다림들이 등장한다. 시적 화자들은 무언가를 찾기 위해 기다리고, 누군가가 찾아주기를 바라며 기다린다. 남들이 이해할 수 없는 나만의 기다림 속에 침잠해 있는 채로, 자신이 발견하게 될 '시의 순간'과, 그것을 비로소 찾아 언어로 옮겼을 때 자기만의 방법으로 읽어내 줄 누군가를 동시에 원하고 있다.

이 시인의 시적 시간을 '저녁'이라 부르자는 데에는 몇 가지 이유가 있다. 우선, 그녀가 발견하려는 것들이 대개 그늘과 어스름 속에 가려져 있으며 한낮을 등지고 기어코 어둠으로 기어들어가려 하는 이유도 이 때문이라고 생각된다. 시인은 죽음과 실패라는 어두운 길을 통해 자신만의 시적 시간에 접근하려고 한다.

「숨바꼭질」은 숨어 있는 어린 화자를 보여준다. "어디선가 분명 나를 찾고 있는 몇 명의 아이들"이 있다는 사실을 알고 있지만 그들은 좀처럼 '나'를 찾지 못한다. 자기를 찾게 하려면 올바른 숫자를 열까지 세어야 한다는 사실을 알고 있지만, 나는 자꾸만 숫자를 틀린다. '열'을 셀 수 없어 아이들은 결국 나를 찾을 수 없게 되고 그들이 다 떠나간 "텅 빈 놀이터 안에"서 "두 눈을 감았다 뜨면/다시 해가 기울"게 된다. 저녁이 깃든 놀이터에서 그녀는 홀로 기다리던 순간을 맞을 것이다.

"아무도 나를 찾지 않을 때/내가 찾아질 수 있는 유일한 방법"은 "우는 것"이 된다. 시의 순간이 도래한 후 시인은 운다. 흥미롭게도 우리말에서 '새가 운다'가 '새가 노래한다'와 마찬가지의 의미를 갖는 것처럼, '운다'는 '노래한다'고 읽을 수도 있다. 그 노래는 '찾을 수 없는 나'를 누군가 찾게 하려는 노래다.

'저녁의 시간'은 삶보다는 죽음에 가깝고 성공보다 실패에 가깝다. 존 버거는 작가를 일컬어 '죽음의 서기書記'라고 했는데, 필멸의 존재로 계속해서 영원을 탐구하는 자이기 때문이다. 문학의 시간은 결코 시계의 시간, 숫자로 환원되는 객관적 시간이 아니며 주관적이고 심리적인 시간이다. 그렇기 때문에 꾸준히 앞으로 나아가는 직선적 시간관으로 보면 불가해한 시간이며 경제적 가치, 사회적 가치로는 환산할 수 없는 영원의 가치를 추구하는 것이다. 그렇기 때문에 이 시집의 시적 화자들은 계속 숫자를 세는 데 실패한다. 그렇기에 시적 화자는 이 시집에서 등장하는 줄넘기, 공기놀이, 고무줄놀이 같은 여러 게임에서 계속 '지는 존재'가 된다.

그러나 시적 화자가 이기지 못하는 것은 다분히 본인이 의도한 바다. "여섯이나 일곱을 자주 아홉으로 혼동"(「숨바꼭질」)하고 "이번 판엔 쉬어,/틀린 나이를 먹지 않아서 좋았다/상대의 나이가 틀릴 때까지/기다려서 좋았다"(「공기놀이」)라고 말하는 이유다. '나'는 규칙을 지키지 않기 때문에 결코 이길 수 없다. 「고무줄놀이」에서도 시적 화자는 아이들이 편을 갈라야 한다고 할 때 "늘 다섯 번째이거나 일곱 번째에서 함께 나눠지지 못"하고 놀이에서 벗어난다.

그러나 아이들이 부르는 노래를 따라 부르는 대신 "말 없는 아이"가 되려는 그녀는 규칙 안에 들어가지 않는다. 「공기놀이」에서도 나이를 틀리게 만들어 좋았다고 하는 말처럼, 화자들은 숫자를 제대로 세지 않는 대신, '시계의 시간'을 벗어나는 주관적인 시간을 만들어낸다. 의도적으로 시간은 연장되고, 흐트러지며 시작과 끝은 모호해진다.

"발에 걸릴 때마다 넘어지는 숫자들/몇 번이고 잊고 다시 잊어버리지만/넘어야 할 게 많은 나이/나는 결리는 갈비뼈에도/잠시 지나가는 눈발에도 걸리지 않는다//내 발이 장애물이 되어/줄을 넘는 일/살짝 살짝 들리는 순간을 통과해 가는/한 바퀴의 숫자들."(「줄넘기」)

이 시에서 '나'와 아이는 함께 줄넘기를 한다. 아이는 "한 바퀴의 숫자들"이 중요한 '시계의 시간' 안에 있고 그 때문에 "제자리에서 뛰어 넘는 나이" 안에 숫자를 세느라 헉헉댄다. 그러나 '나'는 걸리지 않고 계속 고무줄을 가볍게 넘는다. 그녀의 뜀은 '한 바퀴의 시간', 즉 초침과 시침이 만들어내는 기계적인 시간을 벗어나는 뜀뛰기이기 때문에 "살짝 살짝 들리는 순간을 통과"해서 '발'이라는 장애물이 줄에 걸리지 않고 계속해서 끝을 유예시킬 수 있다.

아이는 아이의 수를, 나는 나의 수를 센다. 개인적이고 주관적인 시간 속에서 "하루에도 몇백 년을/입술을 굳게 다문 수들이/가장 낮은 장애물을 뛰어 넘고 있"는 것이다. 이 숫자들은 "몇백 년"이라는 수 세기의 시간 동안 계속되는, 숫자를 벗어난 숫자이기 때문에 괘종시계처럼 정해진 시간마다 굉음을 내기보다는 "입술을 굳게 다문" 채 침묵한다. 물론 줄넘기가 끝이 나지 않기 때문에 승패는 가려지지 않는다. 그리고 시간은 무수히 연장된다.

그런데 여기서 궁금증이 생긴다. 왜 '발'은 장애물이 되는 것일까? 이 시집에 무수하게 등장하는 신발, 발의 상징성은 숫자의 시간을 뛰어넘으려는 저 도약만큼이나 흥미로운 데가 있다.

2. 실패와 상실 속에 이어지는 '외짝신'의 길

나는 이 시인을 모노산달로스라고 부르고 싶다. 하나를 뜻하는 모노(mono)와 신발(sandalos)의 결합어로 외짝신, 혹은 외짝신을 신은 자를 의미한다. 그리스 신화에 등장하는 이 용어는 할머니로 변한 헤라 여신을 등에 업고 강을 건너다 신발을 잃어버린 이아손의 일화에서 유래한다. 강을 건넌 이아손은 '외짝신을 신은 자'가 왕이 될 것이라는 신탁을 실현함으로써 왕이 되었다. 다시 말하자면, 신발을 잃어버렸기에 그는 무언가를 이룰 수 있었다.

신발을 잃은 맨발의 상징성은 박진이 시집에서 여러 차례 등장하는데 우선 주목되는 것은 표제시인 「신발을 멀리 던지면 누구나 길을 잃겠지」와 영남일보 신춘문예 당선작이자 박진이 시인의 등단작인 「신발」이다.

신춘문예 심사평에서 「신발」은 "선악이 엇갈리는 작품"으로 "발 하나 들어 있지 않은 난전의 신발"이 보여주는 슬픔, "벗어놓은 헌 신발도 좋다는 듯/흰 눈발 내려앉고 있"는 풍경이 자극하는 가난의 상상력으로 호평을 받은 바 있다. 나는 이 시에서 가장 눈에 띄는 구절이 "맨발보다 시려 보이는 저 표준의 사이즈"라는 부분이라고 생각한다.

신발은 아주 오랜 옛날부터 신분계급을 상징했으며, 따

라서 많은 문화권에서 정체성을 규정하는 문학적 상징성을 가진 것으로 그려지곤 했다. 그러면 맨발은 신발을 신지 않은 본연의 발로, 규정되지 않은 정체성을 의미하게 된다.

신발을 신지 않은 발은 당연히 보호받지 못한다. 온갖 것에 찔리고 밟히고 부딪칠 위험성을 안고 있으며 추운 날씨에는 추위에 그대로 드러나 있어 시린 발이 된다. 그러나 맨발보다도 "저 표준의 사이즈"가 더 시려 보인다는 시인의 말은 의미심장하다. 추위와 위험에 노출되는 대신, '맨발'은 공기와 땅의 온도와 감촉을 느낄 수 있다. 사회가 규정하는 모든 '표준'들은, 개별적 자아의 감각과 인식을 제한하며 '일반화'라는 틀 안에 갇히게 하는 일이기도 한 것이다. 표준이라는 틀에 갇혀 개별적인 "발의 온도를 이해할" 수 없는 신발들은 맨발보다 시리다는 것이다.

고대에는 귀한 신분의 사람만이 신발을 신을 수 있었고, 그 이후에도 오랜 역사 속에서 신발은 자신의 위치나 계급을 보여주어 온 부분이 있는데, 이런 측면에서 신발을 신지 않았다는 것은 자기를 타인의 판단 기준에서 벗어나게 하려는 행위가 된다.

그러나 이 시의 '표준 사이즈 신발'들이 다른 점은 "난전의 신발"이라는 점이다. 이 신발들은 비록 '표준 사이즈'이지만 발의 온도를 점차 이해할 수 있는 신발이 되어 간다. "유리 너머 진열의 신발"이 아니라 아무렇게나 나열된 채

길거리 좌판에서 "얇은 먼지와 흰 눈에게 제 크기를 내어 준" 채로, 이 난전의 신발들은 "한기를 견디던 힘으로 발을 기다리는 일"을 묵묵히 해낸다. 결국 그 오랜 기다림의 끝에서 이 신발이 만나게 되는 발은 바로, 시인의 발이다.

이 신발들은 유리 진열대가 아닌 난전에 있었기 때문에 먼지와 눈을 온몸으로 맞으며 그 감각을 기입한 신발들이다. 그러기에 기다림 속에서 이 신발들은 온도를 이해하는 법을 배운다. "겨울, 한기를 견디던 힘으로 발을 기다리는 일/진열이 아닌 나열의 추운 발"이라는 표현은 이런 맥락에서 의미를 획득한다. 그들은 한기를 견디며 난전에 어지럽게 나열되어 "제 발의 온도"에 맞는 신발을 찾아올 누군가를 바라고 있었고, 비로소 시인의 발이 그 신발에 신겨질 때 저녁의 시간이 찾아든다. "퉁퉁 부은 저녁의 발에 난전의 신발 한 켤레" 신겨지는 것이다.

왜 모노산달로스는 외짝신을 신어야 하는가? 신발을 한 짝 잃어버린 사람은 나머지 한 짝을 찾아 헤매야 한다. 그러니 모노산달로스는 계속 찾는 자, 추구하는 자이다.

예로부터 길 떠나는 나그네가 가장 먼저 챙겼던 것이 짚신이었다. 짚신은 온갖 험하고 더러운 길도 밟고 가기 때문에 어떤 어려움 속에도 마모되고 소멸되지 않는 질긴 저항력과 의지를 지닌 존재로, 병마와 액을 물리치고 사람을 지켜준다고도 여겨졌다. 여행을 떠나는 두려움을 이기고 오랫동안 꿋꿋이 나아가기 위해 필요한 것이 신발이었다.

그러나 신발을 한 짝 잃어버린다는 것은 나를 보호할 존재가 하나 없어지고 그만큼 불안을 안은 채 나머지 신발 한 짝을 찾기 위해 길에서 벗어나야 하는 일이다. 신발을 신고 걸어가는 길들은 사람들이 많이 가는 정해진 길이다. 그러나 한쪽 신만 신고 나머지 한 짝의 신발을 찾기 위해 헤매다 보면 갓길로도 가고, 길이 아닌 곳으로 찾아들기도 할 것이다.

그러니 관점을 바꾸어, '신발을 잃어버림'이라는 사건을 하나의 시적 비유로 본다면 새로운 길을 파생시키고 그 과정에서 스며드는 불안으로 인해 가능성을 확장시켜주는 힘이 될 수도 있다. 확신보다는 불안의 힘으로 상상력은 형성되기 때문이다.

이 시집의 표제시 「신발을 멀리 던지면 누구나 길을 잃겠지」는 시인이 시 창작이라는 지난한 길 위에서 느끼는 감정의 단상들을 보여준다. 잃어버린다는 건, 결핍을 형성함으로써 무언가를 추구하게 만드는 점이 있다.

길을 잃는다는 건, 오히려 자기가 서 있는 곳이 어디인지 그리고 앞으로 어디로 가야 할지를 생각하게 만드는 사건이 된다. 신발을 잃어버린 것이 타의에 의한 것이 아닌 자의에 의한 것이라는 사실이 주목된다. 박진이 시인의 시들은 요즘 시단에서 찾기 힘든 존재론적 추구와 사색의 무게를 가지지만, 동시에 가볍고 자유로운 걸음으로 마음껏 길 잃고 헤매려는 태도를 보인다. 이 무거움과 가벼움의 묘한 조화가 박진이 시인의 시를 특별하게 만든다. 시적 화자는 일부러 신을 힘껏 "멀리" 던진다. "신발을 멀리 던지면 누구나 길을 잃겠지"라는 심산으로.

신발을 신지 않은 맨발은 자기 발 모양 그대로의 발자국을 남긴다. 시인은 "모래톱에 찍힌 발자국"을 보며 "지난 밤 큰 물고기를 물가까지 끌고 나온 수달이 있고/들쥐를 쫓는 너구리가 있고/황조롱이 한 마리 앉았다 날아오"른 흔적을 하나하나 찾아낸다. 동물들은 맨발이기 때문에 오히려 자신을 드러낸다. 하지만 인간은 늘 '표준 사이즈'로 대표되는 규격의 신발을 신어 자신의 정체성을 구성한다. 시인은 인간의 방식을 벗어나 자연의 방식을 택하려 하며, "어지럽게 흩어진 발자국들을 꽃잎이라 불러본다." 시인의 시선은 "아직도 지나가야 할 발자국이 많다고/떠오른 낱장의 꽃잎"들에 꽂힌다. 언제 어느 저녁의 시간에 이 여정이 비로소 끝날 수 있을지, 도저히 알 길은 없다. 다만 아직도 "더 많은 발자국들의 쇠락을 겪어야 한다"는 것이다. 그렇게 길은 이어지고, 끝나지 않는다.

그녀는 신발을 잃어버리고 싶다. 사실 그녀가 가고 싶은 곳은 지도 위에 있는 장소가 아니며, 신발을 신은 채 정해진 길을 벗어나지 않는 착실한 걸음으로는 오히려 도달

할 수 없는 곳이기 때문이다. 하지만 그녀를 규정하는 '규격'의 일상은 "꽉 끼어 잘 벗겨지지 않"(「술에 취해 우는 여자는 어떤 얼굴을」)는다. 그러니 술에 취해 우는 여자의 얼굴이 되어 시인은 말한다. "차라리 맨발로 땅을 걷고 싶어요"라고.

신화에서 이아손은 영웅이 되었지만, 시인의 길은 영광과 성공을 위한 것이 아니다. 알렉산더 대왕과 인도 나체 수행자의 유명한 일화를 떠올려보자. 알렉산더 대왕이 "지금 무엇을 하고 있는가?"라고 물었을 때 수행자는 아무것도 하지 않는다고 대답했다. 그는 도道에 도달하기 위한 무한한 시간 속에 있다. 그러나 직선적이고 일회적인 시간 속에 있는 알렉산더 대왕은 자신의 '한정된 시간' 속에서 지배하고 정복하고 영광을 거둬야 하므로, 승패에 무관심한 채 전혀 다른 내면적 가치를 추구하는 이 수행자의 무위無爲를 결코 이해할 수 없다.

존 버거는 시는 승패에 관심을 갖지 않는다면서, 다음과 같이 말했다. "시는 부상당한 이를 돌보면서, 또 승자와 환희와 두려움에 떠는 패자의 낮은 독백에 귀를 기울이면서, 싸움터를 가로지르며 간다"[1]는 것이다. 자기 자신이 승자나 혹은 패자가 되기보다는 그들의 목소리를 들으려

---

1) 존 버거, 김우룡 엮음, 『그리고 사진처럼 덧없는 우리들의 얼굴, 내 가슴』, 열화당, 2004.

애쓰면서 그 낮은 독백에 귀 기울이기 위해 침묵한다. 부상당한 사람을 돌보면서, 다치고 아프고 고통받는 이들에게 더 마음을 쏟는다. 시는 실패를 두려워하지 않고, 승패를 가리기보다는 차라리 실패자를 자처한다. 따라서 선택에 정해진 결과가 존재하며 승패가 끝없이 가려지는 게임에서는 기꺼이 규칙을 버리고, 차라리 화려하게 실패하고 만다. "무승부가 없는 놀이"(「가위바위보」)인 가위바위보에서 시인이 계속 지려고 하는 이유다.

3. 결핍과 죽음의 원圓, 쓸모없음의 원願

박진이 시 속에서는 자꾸만 꽃이 진다. 환하게 피어 있는 꽃들은 이 시인의 관심사가 아니라서, 시인은 자꾸만 지는 꽃과 어둠 속의 꽃을 바라본다. 꽃들은 늘 "활짝 피지도 못하고/하나 둘 셋 하면 던"(「죽은 신부의 얼굴」)져 버려야 하는 것들이거나 짧은 만개 후에 금방 잃어버릴 것들이다. "꽃이 있는 곳은 사람들로 북적"(「꽃놀이」)이지만 꽃이 져버린 곳에는 인적이 드물다. 하지만 시인은 화려하게 피어 있는 꽃놀이보다는 "꽃 지는 쪽이 이기는 놀이"(「화전」)에 관심을 갖는다.

꽃이 피고 지는 것은 계절의 흐름에 의한 것이고, 한번 지고 난 후에 다시 봄이 오면 새로 꽃이 피어나는 것처럼 시인은 직선적 시간이 아닌 자연의 시간, 원환적이고 순환적인 시간을 추구한다. 그렇기에 박진이 시인의 작품에 자주 등장하는 낙화의 장면들은 영원히 소실되는 것이라기보다 씨앗을 남기고 사라지는, 가능성을 남기는 낙화이다.

이미 끝나버린 것들이라 간주되는 존재들에 시인의 시선은 머문다. 그녀가 죽음과 유령을 꾸준히 그려내는 것도 이와 관련된다. 「꽃놀이」에서 "낮에도 죽은 사람들을 보고 다녔다"고 말하는 시적 화자는 "한 번 죽다 살아난 후로" 죽음과 삶의 경계가 사라지는 것을 경험하고, 유령을 본다. 유령은 죽음 너머에 있는 존재다. 유령을 보기 위해 생사의 경계가 없어져야 하는 것처럼, 시인은 끝없이 뭔가를 지워서 텅 빈 자리들을 만든다.

이 시집에서 가장 많이 등장하면서 죽음과 삶 사이를 오가고, 과거와 현재, 기억과 꿈 사이를 오가는 존재가 바로 '할머니'이다. 할머니는 시 속에서 주로 죽음의 경계 전후에 위치하는데, 할머니의 죽음은 끝없이 유예되거나, 이미 선언된 이후에도 취소된다. 할머니는 죽음이 임박한 모습으로 등장하지만 죽지 않거나 다시 재생된다. 「흰 할머니를 잃었다는 동화」를 보자. 염색을 한 할머니의 머리에선 지독한 냄새가 난다. 그것은 할머니의 백발을 억지로 검은 머리인 것처럼 꾸미는, 인위적 젊음이지만 시인이 할머니에게 주고 싶은 새로운 생명은 염색약과 같은 것이 아니라 존재 자체를 새롭게 하는 갱신의 '빛'이다. "희끗희끗한 머리카락은 모두 빛의 소유물"이며 아무리 염색약을 발라 "검은색의 물을 들여도 자꾸만 흰 뿌리부터 밀고 올라오는 할머니"의 머리는 오히려 할머니에게 남아 있는 생명력의 증거인 것이다. "죽은 할머니가 누워 있는 방을 기웃거"리며 시적 화자는 할머니의 흰머리가 "동화에 등장하는 젊고 아름다운 새색시"라고 생각해본다. 할머니는 상징적으로 재생된다.

「세상의 모든 노래는 젊어서」에서의 할머니는 마치 봄을 부르는 주술사와 같다. "할머니가 노래를 부릅니다 세상의 모든 노래는 젊어서, 나무와 새 그리고 몇몇의 꽃이름을 대면 봄이 됩니다 할머니는 죽어 꽃이 되고 싶다 했습니다 할머니는 봄들에게 너무 많은 심부름을 시켜놓고 기다리고 기다립니다"라는 시 구절 속에서 할머니는 봄을 만들어내고, "봄날 중 하루가 가장 긴 날을 골라" 노래를 부른다. 할머니는 노래 속에서 다시 젊어지고 시간은 다시 갱신된다. 봄에게 심부름을 시켜놓고, 할머니는 죽어도 꽃이 되고 싶다고 한다. 봄은 기다려도, 기다리지 않아도 오는 것이지만 할머니는 기다린다. 시의 기다림이 그렇듯, 아무런 기약이 없는 기다림은 어쩌면 덧없는 것일 수 있다. "'그 언제 그 어느 날에 외로운 동백꽃 찾아오려나' 2절의 끝에 이르도록 한 마리의 새도 날아오지 않"는다.

결국 이 생에서 이룰 수 없는 바람일 수도 있고, "어떤 꽃은 나무에 들어 햇살만 축내고/한철 흩날리는 봄"(「환승」)을 살다 가는 허무한 목숨일지 모르지만 어떤 죽음이 '끝'을 의미하는 것이 아니고, 시간이 계절처럼 순환되고 재생되는 것이라면 이야기는 달라진다.

"꽃상여 하나가 산을 올라간다//저 풍경을 봄이라 하자/산책로의 꽃들은/이미 져버렸으니//다시 봄이 오면/혹은 이곳으로 오지 않았더라면//산책로의 꽃들은/이미 져버렸으니//나를 태우고/꽃상여 하나가 산을 올라간다"(「꽃상여」)는 시 구절에서 찾아볼 수 있는 감정은 죽음으로 인한 절망과 낙담이 아닌 "꽃상여"를 타고라도 여정을 계속하려는 의지다. 산책로의 꽃들이 다 져버린 이후에 자기 목숨을 꽃으로 만들어 계속 산을 올라가는 것, 그런 풍경을 '봄'이라 부르자는 것이다.

시인의 손은 빈손인데, 빈손이기에 무엇이든 담을 수 있다는 점에서 주먹을 쥔 손은 하나의 둥근 세계가 된다. 둥글다는 것이 중요한데, 그 중심이 비어 있는 원은 가운데에 무엇이든 채울 수 있기 때문에 가능성의 총체가 된다. "주먹을 쥐었다 펼치면 몇 개의 골목이 생겼고/주먹을 쥐었다 펼치면 몇 개의 골목이 사라졌다"(「손금」)는 표현처럼 주먹 속 빈 공간은 생성을 품은 허공으로, 정해진 길이 아닌 끝없이 갱신되며 달라지는 길을 만드는 공간이다. 그러니 "수만 갈래 나뉘어진 손금"을 읽기 어려운 것처럼, "모르겠다는 말"을 할 수밖에 없다. 하지만 빈손이기에 누군가의 손을 잡을 수 있다. 그래서 시인은 "오늘도 누군가의 손을 잡는다 두려움 없이."

무릎은
위로하는 방법을 알았다랄까

늦은 밤 놀이터 벤치에서 들리는 울음소리
한 아이는 교복 치마에 살짝 가려진 무릎을 내어주고
다른 아이는 그 연한 무릎에 얼굴을 묻고 흐느낀다

무릎은
가지런히 소리를 모을 줄 안다

엄마가 다녀간 후면
외할머니의 무릎 통증이 심해지곤 했다
많이 아프냐고 묻는 내게
무릎에 찬 물 때문이라며
물만 빼면 감쪽같이 나을 거라 했다

무릎은

슬그머니 힘을 빼고 기다린다

친구 남편의 부음에
장례식에 입고 갈 옷을 고르며
위로의 말들을 뒤적이다가
내 무릎이 아직은 따뜻하다는 생각

물 흐르는 소리를 찾는 어린 귀
외할머니의 무릎 같은 반달에
물이 차는 밤이다

-「무릎」

박진이 시에서 생명, 재생을 의미하는 물의 상상력은 자주 등장한다. 사실 '물'은 수많은 문학 작품들에서 자주 사용되어 온 상상력의 원형이지만, 박진이 시에서 '물'은 아픔을 동반한다는 것이 특징이다. 외할머니의 무릎 통증은 무릎 속에 차 있는 "물" 때문이다. 고통이 담긴 '물'은 "늦은 밤 놀이터 벤치에서" 다른 아이의 무릎을 베고 우는 아이의 눈물이기도 하다. 그러나 그 물에는 따스함이 있기 때문에 고통과 치유의 힘을 동시에 가진다. 「어금니」에서 "외할머니가 어린 내 치통을 달래"기 위해 떨어뜨린 소다수 한 방울처럼 통증을 잦아들게 해주는 것이 '물'

의 역할이기도 하다. 친구의 눈물로 젖은 무릎은 위로를 주며, 할머니는 물이 찬 아픈 무릎을 굽혀 어린 손녀를 돌보아준다. 그리고 장례식에서 누군가의 죽음 앞에 무릎을 꿇고 헌화를 할 무릎. 이 모두는 "아직은 따뜻하다"는 것, 그리고 "물 흐르는 소리를 찾는 어린 귀" 역시 그런 따뜻함을 바란다는 것을 시인은 말하고 싶은 것 같다.

"정처가 없는 것들/두툼하게 두드려보지도 못한/스스로 열고 채울 수도 접을 수도 없는//누군가의 낡은 뒷주머니" (「지갑」) 속의 물건들처럼 버려지고 잃어버린 것들에 시인은 따뜻한 눈길을 보낸다. "유효기간이 지난 카드"나, 결코 맞지 않을 "로또 복권 속 여섯 개의 숫자들"처럼 쓸모없는 것들처럼 보이는 지갑 속 물건들도 그 지갑 주인의 기억과 바람이 스민 것들이다. 설사 이루어지지 않을 꿈이라도 꿈을 꾸지 않는 것보다는 낫다. "정처가 없는 것들"이 되어, 막막하게 길을 잃는다 해도 멈춰 있기보다는 계속 가는 편이 낫다.

「마중」에서처럼, 멀어지는 할머니의 말소리를 좇아, "아무도 내다보지 않는 창문을 지나"서, "할머니와 더 가깝게 만날 수 있는 곳까지" 가기 위해 "동네를 벗어나 한참을 돌아"다니면 이승과 저승 사이에 문이 열리고 만날 수 없는 이들이 만나게 되지 않을까. 「숨은그림찾기」에서 시인은 숨어 있는 것들을 열심히 찾는다. "마당 흩어진 신발

속에서 갈매기/수돗가 낡은 빨래판 위 쓰다 만 칫솔/윤기 잃은 마룻바닥엔 못 하나 튀어나와 있다." 모두 본래의 용도를 잃어버리거나 제자리를 벗어난 채 놓여 있는 것들이다. 세상의 기준에서 쓸모없는 존재들을 시인은 아주 섬세하게, 공들여 찾아낸다. 그것들을 하나씩 하나씩 찾을 때마다 시인은 동그라미를 친다. 숨은 그림을 다 찾고 나면 그 풍경은 온통 동그라미투성이가 될 것이다.

"아무래도 어느 여름날/저녁의 물가를 눈으로 갖고 있는 것 같"(「날파리증」)은 시인의 눈은 "보이는 것도 다 믿지 않기로" 한다. 환하게 드러나는 '한낮의 사실'보다는 불분명하고 불확실한, 어스름 속 '저녁의 진실'을 추구하는 것이 문학일 것이다. "떠내려간 운동화"가 어디로 흘러갔는지 모르지만 어느 저녁 무렵 얕은 물가로 밀려올 그 신발 한 짝을 찾아 그녀는 물길을 따라 내려간다. 길을 잃는 것 따위는 걱정하지 않고, 다만 이렇게 쓸 뿐이다. "벚꽃이/사방에 흩날렸다/아무 곳으로 가도 상관없잖아."(「낭만적 등굣길」)

어차피 지도가 가리키는 길보다는 먼 하늘에 빛나는 별이 인도하는 길이 더 믿음직하다고 생각하는 사람이 시인일 것이다. "별은 우리가 있는 곳보다 훨씬 더 먼 곳에서 반짝인다." (「달방」) 언제나 우리가 존재하는 곳보다 더 먼 데서 빛나야 할 것이다. 그래야 우리는 더 먼 곳까지 바라볼 수 있고, 바람은 끝나지 않을 테니 말이다. 잃어버린 신발이 기다리고 있을 미지未知의 그곳, 저녁의 시간에 가 닿을 때까지.

신발을 멀리 던지면 누구나 길을 잃겠지

2019년 12월 24일 1판 1쇄 펴냄

지은이 박진이
펴낸이 김성규
책임편집 김은경
디자인 김동선
펴낸곳 걷는사람
주소 서울 마포구 월드컵로16길 51 서교자이빌 304호
전화 02 323 2602
팩스 02 323 2603
등록 2016년 11월 18일 제25100-2016-000083호

ISBN 979-11-89128-63-0 [04810]
ISBN 979-11-89128-01-2 (세트)

* 이 책의 국립중앙도서관 출판시도서목록(CIP)은 서지정보유통지원시스템 홈페이지(http://www.seoji.nl.go.kr)와 국가자료공동목록시스템(http://www.nl.go.kr/kolisnet)에서 이용할 수 있습니다. (CIP제어번호:2019051983)